体贴入微治猫病

绘图本

杨子 著

U0132732

上海文化出版社

三、有病必须及时治

四、不当饮食易得病

五、心病需要心药医

六、常见的急救方法

猫 有 九 命

　　"猫有九条命",童话里都这么说。不过,猫灵巧的平衡技术能让自己在各种危险场合化险为夷,高空落地却毫发不损的本领常令人对这一说法深信不疑。猫的确是一种神奇的动物,集优雅与神秘、胆大与心细、骄傲与温柔等个性于一身,令人爱恨不得。

　　但是,无论身怀何种绝技,生老病死在这个地球上是所有生物都不能避免的自然规律,猫同样也要面对。只不过猫不会说话,即使身体不适,倔强的个性也会使它不轻易将不适表现出来。猫有较强的忍受病痛的能力,病猫宁愿默默躲在角落里自我调整甚至忍耐到最后时刻。

　　猫生病,是它们在生命过程中都必须面对的现实,也是每一位猫主人在与它共同的生活中必须时刻警觉的事情。一位有责任心与爱心的饲主,不仅在猫健康的时候给予它足够的宠爱,在它生病时则更需要付出足够的关怀。

　　这本小册子为你提供家养猫生病的基本判断和防护措施,让你在和猫朝夕相处的日子里,能够通过观察猫的非常态表现,做出正确判断而采取及时的相应措施。倘若爱猫的饲主都能做到这一点,那么,"猫有九命"当然不会再是童话里才出现的神奇故事。因为,一只被主人时刻关爱的猫,相信一定拥有健康而快乐的人(猫)生。

　　当然,有必要提醒阅读本书的饲主,本书不是要将各位培养成掌握十八般医术、能够对各类猫的疑难杂症药到病除、妙手回春的猫大夫。如果你的猫病情较重或比较复杂,而自己又无法确定的话,那么,最好的办法就是将猫及时送到资信良好的宠物医院,请专业的宠物医生进行治疗。

杨 子

2009 年 2 月

一 ★ 早期发现是关键

1. 观察猫的状态

　　猫即使身体不舒服,也不会轻易地表现出来。这是由猫的祖先本性决定的。如果它们表现出自己的任何弱点,都有可能被对手发现而危及生命。所以,饲主只能根据猫"今天有点不太正常"才意识到猫可能生病了。

　　有时候猫咪的一些微小变化是不容易被人察觉的,比如一段时间内逐步递减的体重,或者连续几天躲在安静的角落不动,或者对饲主的呼唤反应迟钝或没有反应。饲主也只有在"这家伙是不是在减肥? 为什么没有胃口吃饭"或"一下子安静很多,感觉有点奇怪"等猫的反常表现中,才会意识到猫的健康也许出现问题。也就是说,猫生病时很难被发现,等发现时已经比较严重了。

　　猫无法告诉饲主自己的身体不舒服,也不可能自己上医院看病、打针和吃药,所以,每天注意观察猫咪的身体状态,有利于饲主及早发现它的异常,从而尽早治疗。对照图示,看看"不太正常"的猫属于哪种症状。一旦发现猫有异常,立刻对症治疗,或者带它去宠物医院就诊。

定期给爱猫做健康检查,不失为一个防患于未然的有效措施。宠物医生可以通过参考猫的健康指数,检测某些潜在疾病的趋势,从而对猫咪的健康状况做客观专业的评价。

打喷嚏、咳嗽、喘气、叫声嘶哑、吐毛。

容易疲倦，懒洋洋或抑郁，什么事都不想做。

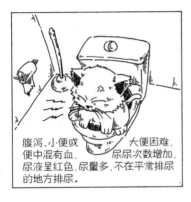

腹泻、小便或便中混有血，尿液呈红色，尿量多，不在平常排尿的地方排尿。大便困难，尿尿次数增加，

丧失食欲或食欲减低、呕吐，和平常饭量相同，但越来越瘦，吃东西费劲，猛喝水。

身上任何部位的出血，不正常的抽搐，呼吸困难，任何你觉得不对劲的地方。

早期发现猫咪身体的异常状况，是饲主应尽的职责。

2.正常生理指标

　　猫生病后,精神萎靡不振,独自呆卧,行动迟缓,不像平时一般爱清理自己,显得邋遢肮脏。有些重病猫甚至随地便溺,完全失去以往的良好习惯。此时,饲主更应爱护和关心病猫,尽早请医生诊断、治疗。

　　下面的表格是猫的体温、呼吸、脉搏和血液正常的生理指标。

项　　目	平　均　值	正常范围
体温(℃)	39	38～39.5
呼吸(次/分钟)	25	20～30
脉搏(次/分钟)	120	120～140
红细胞数($\times 10^{12}$/升)	7.5	7～10
血红蛋白(克/100毫升)	12	8～14
红细胞压积容量(%)	37	24～25
血沉(毫米/60分钟)	18	7～27
白细胞数($\times 10^9$/升)	12.5	8.6～15
中性粒细胞(%)	59.5	35～78

项　　目	平　均　值	正常范围
嗜碱性粒细胞(%)	极少	极少
嗜酸性粒细胞(%)	5.5	2～12
淋巴细胞(%)	32	20～50
单核细胞(%)	3	1～4

5. 简易诊断技术

想成为一名合格的猫饲主，有必要对猫的正常生理指标了然于心。一只健康的猫，平均一分钟呼吸 20 ~ 30 次，每分钟脉搏 120 ~ 140 次，正常体温保持在 38℃ ~ 39.5℃。只要具备体温计等简单的器具，无须医生帮助，饲主自己在家中就可以随时对猫进行基本的身体检查。

检查猫的呼吸数时要在它安静的状态下进行。可将手放在猫鼻子前方的适当位置，感知呼出的气流，呼出一次气流为一次呼吸，也可以用目视的方法，观察猫胸部的起伏，一起一伏为一次呼吸。

在正常情况下，健康猫的体温一般清晨低，下午稍高，但温差以不超过 1℃ 为准，否则为不正常。判断猫的体温是否正常，最准确的方法是用体温计进行测量。当然，目测和触摸也不失为一种简单易行的方式。正常的猫鼻尖凉而湿润,耳根皮肤温度与身体其他部位相同,如果发现猫鼻尖干燥发热,耳根皮肤温度比其他部位高,食欲不振,精神忧郁,则表明猫的体温偏高。

对脉搏的测量以触摸为主,也要选择在它安静的时候进行。将手放在猫大腿根部,测量脉搏每分钟跳动的次数。建议进行两次测量,取平均值,这样可以使数据更为准确。

当然,体重也是健康的生理指标之一,给猫测体重不是件困难的事,饲主只要抱着爱猫一起称体重,然后再减去自己的体重就可以啦。

视诊：用眼睛观察猫胸部的起伏次数。

触诊：把手放在猫的大腿根部测量脉搏跳动。

测温：用手测量猫鼻尖的温度和耳朵的温度。

看和摸，简单的诊断技术能够帮助饲主判断猫的健康体征。

二★日常护理很重要

4.测体温

　　测量猫的体温,可采用目测或者触摸的方式。目测猫的鼻尖和精神状态,正常的猫鼻尖凉而湿润,若鼻端干燥发热,并且食欲不振,精神忧郁,则表明猫的体温偏高。猫耳根皮肤温度与身体其他部位相同,通过触摸耳根、皮肤,如果感觉温度比其他部位高,则表明猫的体温较高。

　　目测和触摸不失为一种简单易行的判断猫体温的一种方法,但这种方法需要饲主有一定的经验。对于经验缺乏的饲主,判断失误也是非常可能的事情。当然,对猫体温的精确判断可以通过体温计的测量来进行。

　　用体温计为猫测量体温,开始可采取两人配合的方式进行。一人用双手固定猫,使它站立或俯卧,测量者则用左手抓住尾巴,露出肛门,右手用涂有润滑剂的体温计轻轻插入肛门,插入的深度为体温计的三分之一,约在 3 分钟后取出查看。肛门测量体温会使猫感觉不适,而饲主的动作也会使它有疼痛感,再加上猫特有的自尊心(要知道猫是最不愿意被人碰到屁股的动物),所以,它会很不配合,饲主需要有足够的耐心。

除了肛门测温,也可采用腋下体温测量的办法。同人类一样,测量腋下体温比较容易且安全,但必须掌握要领,否则极不容易测准。饲主可让猫保持侧卧姿势,一侧前肢基部缩回肩胛处,将体温计从前肢的后部插入腋下,并用手按住它的前肢,并使它保持侧卧姿势不动,将体温计夹牢,约在 3 ~ 5 分钟后取出查看。一般来说,腋下的温度为37℃ ~ 38.5℃,比直肠温度要低一度左右。

如果猫的体温比正常体温高出一度以内,是微热;如果高出 1℃ ~ 2℃,则为中热;高出 2℃ ~ 3℃,则表明猫的病情比较严重了,为高热,也就是我们所说的发高烧。

测量体温的两种方法。

勤刷牙

　　猫的祖先是生活在野外的,一般是靠咬舐骨头或猎物的皮来清洗和擦亮牙齿。所以,野生猫都有一口好牙,这是由它们的生存法则所决定的。但是,家养猫因饮食结构和生活习惯与野生猫不同,不可能每天都有新鲜的动物软骨或者动物皮磨牙。而来自猫粮中的奶类或谷类,含钙量高,天长日久,它的牙齿周围很易积存牙垢。

　　当齿龈上积聚了很多牙垢后,细菌将引发各种牙病,如牙龈炎、牙根炎等。当这些细菌侵入齿槽后,细菌蔓延、繁殖,发展到整个齿槽,引起牙周炎。牙周炎的结果是牙齿松动,牙神经坏死,最后以牙齿脱落告终。

　　想象一下满口无牙的猫的惨状吧。俗话说,"牙好,胃口就好,吃嘛,嘛香!"因此,饲主应该了解勤刷牙对猫的生活有多重要。

　　给猫刷牙,最好两个人合作,助手用一只手稳定猫身体,另一只手的食指和拇指按住它的上嘴唇。刷牙者可用左手食指将下唇往下压,右手用牙刷(儿童牙刷)挤上专用的猫牙膏,刷洗它口中的上下牙齿。有些饲主用盐水来代替猫牙膏,偶尔为之无所谓,如果长期使用,要考虑到猫在刷牙过程中吞食盐水的可能性,因此不提倡用盐水代替牙膏。

给猫刷牙,一般一周一次即可,如果一周能够刷两到三次,那当然更好了。要知道,成年猫自尊心极强,非常讨厌人用手指头放入它的嘴里,清除牙垢,当然更讨厌牙刷在嘴里七上八下。所以,如果从幼猫时代就开始训练,那么刷牙对它来说就不是一件太困难的事情了。不习惯刷牙的大猫,需要两人配合给它刷牙,但动作要轻柔,以免引起本来就反感刷牙的猫更为强烈的抗拒。

刷牙后,不妨对猫进行物质奖赏,比如给它最爱吃的零食或"妙鲜包"。养成习惯后,猫看在"妙鲜包"的份上,应该也是很乐意刷牙的。

给猫刷牙要用猫牙膏,不能用盐水来代替。

6. 巧喂药

　　一次不成功的喂猫吃药，往往会换来浑身的猫毛和手上的几条血痕，一副狼狈不堪的样子。无论饲主怎么努力，手指头被猫咬了 N 次，药丸依然被它的舌头顽强地挡了出来。喂猫吃药是饲主最头痛的问题。

　　其实，只要方法得当，喂猫吃药并不是一件困难的事情。

　　如果生病的猫食欲还不错，在药量较小的情况下，不妨将药丸拌在它爱吃的食物中，这样，药丸就不知不觉地进了它的肚中，饲主也省了不少事。

　　如果猫胃口不好，前面的办法就行不通了。但是，掌握喂药的技巧，同样可以顺利地喂猫吃药。首先固定好猫，最好有助手帮忙，如果只有饲主一人，也可自力更生，用大腿和胳膊夹住猫，然后，大拇指与食指捏住猫的大牙处，轻拉它的下颌，让猫嘴张大些，大拇指与食指稍往里捏。如果猫想反抗,只会咬到自己的肉。另一只手或另外一个人把药迅速放在(注意是放而不是扔,扔容易呛到猫)猫的喉咙深处,然后迅速用手闭上猫嘴巴,闭合 30 秒钟左右,同时从上往下,轻轻抚摸猫的喉咙,直到它做出条件反射的下咽动作。

要注意的是,给猫咪喂药时,猫头被抬起的高度要保证嘴巴不能超过耳朵,否则有可能会被灌进气管导致窒息。

喂药的整个过程中,饲主不妨温柔地和猫咪说话,安慰它、鼓励它。

喂猫吃药有技巧。

1. 找猫虱

当看到猫因剧痒而全身抓挠不止时,饲主应有所警觉了,是不是自己忽视了它的健康卫生,对猫床、猫被子未曾进行过清理和打扫。猫虱病主要表现为瘙痒和皮肤刺激引起抓挠、四处磨蹭,或啃咬痒处,严重时寝食难安。

当然,猫的全身剧痒也不排除有患了皮肤病的可能性。为了区别猫的皮肤病和猫虱病,可以通过以下简单方法来判断。

1. 取一张白纸垫在猫的身体下。

2. 给猫梳毛,会有一些细小的黑色颗粒落在白纸上。

3. 将白纸用水浸湿。

白纸上的黑色小颗粒如果呈红色,那么,证明猫是长虱子,那些黑色的小颗粒就是猫虱的排泄物。

治疗猫虱病,可以用 0.5% ~1% 敌百虫水溶液药浴,切记不要将药水误入猫嘴。也可以给猫佩戴"灭虱项圈",

但由于项圈含有有机磷农药,使用不当会引起颈部皮肤过敏,重者会中毒死亡。所以现在大多数宠物店都不销售含有农药的灭虱项圈。

预防猫虱病必须加强猫体的清洁卫生,勤给猫洗澡。在给猫梳毛时,仔细观察毛间是否有虱和虱卵。对猫窝定期消毒,并经常放在日光下晾晒,保持干燥、清洁。

一张白纸就能判断猫虱病。

8. 驱 跳 蚤

　　跳蚤是猫最常见的皮肤外寄生虫,靠吸食猫血液为生。跳蚤存在的确凿证据是发现它们的粪便,也就是能在猫体上发现的硬、黑、亮的小东西,放在水里就呈红色,或者察觉猫有持续搔痒和烦躁的行为。这些都表明猫已感染跳蚤了。

　　跳蚤不但是令饲主非常头痛的问题,而且还会给猫造成各种疾病。跳蚤过敏性皮炎是因跳蚤叮咬猫时其唾液刺激引起的过敏性反应,造成皮肤剧痒、肤质变差、脱毛,甚至行为反常。一只成年跳蚤可以在猫体存活 4 个月以上,每天吸血是自己体重的 10 倍,若未进行任何药物治疗,猫很可能会因失血过多而贫血。

　　也有人认为,"猫身上的跳蚤不会跑到人身上"。而事实上,和感染了跳蚤的猫生活在同一个环境的饲主,同样也会发生"这里有点痒痒,那里好像有小东西在爬"的情况。

叮咬人的跳蚤是从遍布家中角落（猫走过的地方）的蚤卵刚孵化出来、开始寻觅合适寄生宿主的跳蚤。

一旦发现猫咪感染了跳蚤，必须立即彻底地进行驱除。一般来说，有效驱除跳蚤的方法有以下几种。

1．可以给猫口服预防药，剥夺跳蚤的孵化能力。

2．用滴背式驱虫剂，将药水滴在猫的脖子上，驱除成蚤的效果可持续3周左右。

3．喷雾式驱虫剂可使猫体表面形成一层药膜，效果可以持续一到两个月，对卵、幼虫和成蚤都十分有效。

4．给猫戴上专用的有预防和驱虫效果的项圈，也不失为一种可行的便利方法。

5．在跳蚤横行的日子里，增加给猫洗澡的次数，并使用专门的驱虫洗毛液进行清洗。

当然，仅仅给猫的身体驱虫并不能彻底消灭跳蚤的骚扰。对居住环境的彻底清洁是驱除跳蚤的决定性步骤。蚤卵、幼蚤、蛹喜欢藏匿在家具、地毯、阴凉处，或猫喜欢逗留的地方。饲主可用吸尘器彻底打扫居家环境，尤其是猫经常逗留的地方。对猫床进行大扫除，用热水清洗垫子、毯子等。如果家人没有过敏现象，可以使用杀虫剂、喷雾剂等杀死残留在角落里的跳蚤,尤其要清除看不见的死角。

尽一切可能消除室内环境里的跳蚤,包括大量未成熟的蚤卵、幼蚤和蛹。与此同时,感觉身上"痒痒"的饲主别忘了将自己的衣物进行消毒、勤洗,并在太阳底下晒干。

跳蚤在被消灭后的 2～3 个月里死灰复燃是很正常的现象。所以,要彻底消灭跳蚤不是一件一蹴而就的事情,而是一项不可大意、坚持不懈地"战斗"。

驱蚤要坚持不懈。

5. 眼和耳的护理

用"耳聪目明"来形容猫最为合适不过了。一双明亮的炯炯有神的眼睛和一对能够听到最细微的声音的"千里耳"，是猫在动物世界里能够繁衍到今天、获得人类万千宠爱的看家本事。

健康猫的眼睛明亮清澈，眼睑和眼角没有分泌物。如果发现眼睛出现畏光、流泪不止、红肿、分泌物增多，那么，猫的眼睛极有可能出现了问题。

和人类一样，猫常患的眼疾不外乎结膜炎或角膜炎。在医生的建议下，饲主可自己给猫涂眼膏进行治疗。

涂眼膏需要一定的技巧，饲主需要用一只手握住猫头，另一只手将眼膏挤出5～10毫米长，并与猫眼保持平行，将眼膏抹到猫的眼球上。之后，用手掩住猫的眼皮，使其轻轻地合上眼皮几秒钟，眼膏才能在眼内得到均匀分布。

饲主在给猫涂眼膏时，动作要轻柔，切勿粗暴，否则只能引起猫的反感,造成它的拒绝。在给猫上眼膏或滴眼药水时,要领在于能控制猫头,不要因为猫的紧张而让它随意转动头部,这样有可能会碰伤猫的眼睛。要提醒的是,给猫上眼膏,一定要在医生的建议指导下,饲主不能自作主张。

健康猫的耳朵干净且无异味,若长时间不清洁耳朵,耳内分泌物增多,长期积累成耳垢。

对猫耳朵的定期清洁,一个月清洁一次。清洁猫耳,最好两人配合进行。一人固定猫的头部,另一人则用手抓住猫耳朵,用酒精棉球在它的外耳道消毒。随后,用滴耳油滴在耳垢上,使耳垢软化,然后再用小镊子将耳垢轻轻地取出。需要注意的是,动作一定要轻柔,以免镊子碰触到耳朵的鼓膜,或者刺破外耳道的黏膜,否则将感染化脓。

如果猫的外耳道感染化脓,可用棉签蘸双氧水对耳道进行清洗,动作要轻柔,直到脓全部被清除处理,然后再用脱脂棉将耳道内的双氧水吸干。这样清除几次后,猫耳基本就可以痊愈了。

给猫上眼药膏.

用酒精棉球给猫洗耳朵.

动作一定要轻柔,以免碰伤眼睛和耳膜。

10. 让猫吐毛团的诀窍

　　猫很爱干净,喜欢用舌头梳理自己身上的毛,心情好时梳毛,郁闷时也梳毛,天气热了梳毛,吃饱了也梳毛,晒太阳时梳毛,准备打架时也要梳毛。总之,猫在生活中随时随地有事没事都要梳理毛。

　　猫如此梳毛的代价是,它会把整理后的毛吃进体内,时间长了会在体内形成毛球。当然,因为猫有贪玩的个性,会对一切毛球玩具发生兴趣,玩耍过程中也有吞食毛团的可能。这些毛球很难通过消化道排出体外,因为,猫体内的胰消化酵素不能完全分解毛球。

　　野生猫会本能地寻找某种青草,通过吃草刺激食道把毛球吐出来。也有些猫会在排泄时将体内部分毛球排出。但是,如果体内毛堆积过多,导致所谓的毛球症,大量的毛球将阻塞消化道,在肠内变得又大又硬,无法排出,猫变得精神不振,食欲不佳,严重的还需要通过外科手术来解决。

那么,怎样帮助猫咪顺利吐出毛球呢? 试试以下几种诀窍:

1. 给猫吃猫草。可在家中人工种植一两盆猫草或者猫薄荷。猫草含有丰富的维生素和纤维素,可以作为有效的呕吐剂,起到催吐作用。

2. 食用化毛膏。化毛膏含有营养物质以及去毛球成分,经常服食,可有效预防猫体内毛球的形成。按照规定剂量食用,可促使体内毛球迅速排出。但是每只猫的体质和状况不同,有些猫被喂食太多的化毛膏,有可能会导致拉肚子。

3. 喂植物油。将植物油抽取到针管当中,按照体重每2.5公斤8毫升左右的剂量服用。大约在十小时后,胃内的毛球就能以呕吐或排泄的方式排出体外。不过,灌油的滋味可不太舒服,感觉有点像洗肠。

4. 吃去毛球猫粮。专业的去毛球猫粮含有植物及粗纤维成分,可有效防止毛球在消化道内聚集,有助毛球排出。这种方法的要点是注意换粮方法,不要急于一次到位,避免猫因不适应新口味的猫粮而拒食。

5. 勤梳理毛。避免猫舔入体毛是无法完全控制的,但饲主每天帮它梳毛可以很大程度地减少进入猫体内的毛量。这种方法需要饲主有恒心有耐心,虽然辛苦,但对于猫来说是绝对舒服的,而且也可增进饲主和猫的感情。

让猫吐毛团的诀窍。

11. 病猫的饮食

一般来说,病猫大都食欲不振,很少会有一只猫生病了依然牙好胃口好。当然,即使猫两三天甚至很多天不吃东西,也很少会闹出猫命来。但持续地不吃不喝,体内急剧减少液体的摄取,则有可能导致脱水。如果病症为呕吐或腹泻,那么脱水会使病情进一步恶化,并可能迅速置猫于危险境地。

所以,为病猫提供富含矿物质、蛋白质、维生素的流汁食物非常必要,以供应它身体所必需的热量。

常用的流汁食物为:

1. 稀释的葡萄糖水,比例为两匙葡萄糖兑一杯水。

2. 稀释的蜂蜜水,比例同上。

3. 鱼汤、肉汤。

4. 医生建议的适合病猫食用的流汁食物。

当然,大多数的病猫不会自己主动从窝里出来进食,这和生病的孩子一样,需要大人喂食。那么,饲主不妨用茶匙喂猫吃饭，让它享受生病的快乐吧。

在喂猫时，要抓紧猫头颈背的肌肉，让它头后仰，张开嘴，用茶匙一滴一滴地喂食，使汤汁顺着舌头往里流。每喂完两三滴，让它闭上嘴吞下，以免噎住。这样每次喂1～3茶匙，并逐渐增加喂食的频率。

如果猫有了一定的食欲，那么，喂食固体食物是非常有必要的。

固体食物有新鲜的鱼类和贝类、优质碎肉、鸡蛋等，或者煮熟的鸡肝和猪肝，以及医生建议可以食用的固体食物。

生病期间良好的食物供给可补充猫所需的营养，以帮助它加快身体的康复。

猫生病期间需要补充营养。

12. 猫病房的设置

在家中休养的病猫需要一个适当的病房。猫的病房应遵循三个基本准则,即合适的温度、有安全感、可以看到主人。

合适的温度,即夏天凉快,冬天暖和。冬天,要提供猫足够的保暖设施,如加热器、热水袋、红外线灯等。但要注意加热器或红外线灯不能靠近猫体太近,一般要保持最少60厘米左右的距离。热水袋最好裹一层布,以免造成烫伤。

有安全感的地方就是"不容易被陌生人找到的地方",或者是"对周围环境一目了然的地方"。

可以看到主人的地方,反过来也就是饲主可以随时观察到猫状况的地方。如果猫病房地点过于隐秘,如床底或衣柜里,都不利于饲主对病猫的观察。

病猫需要足够的休息。所以,除了以上三点,猫病房最重要的硬件指标是能保证一个安静的环境。如果病猫患呼吸道疾病,良好的通风条件也极为重要。另外,经常给猫更换铺垫,保证睡床的清洁卫生和舒适。

当猫生病休养时,饲主一定要记住:不要让病猫或正在康复中的猫走出家门。它必须一天24小时都呆在病房里,在饲主的监控下,直到身体完全康复。

温度适宜,冬暖夏凉。

位置隐秘。

主人能随时观察到。

理想的猫病房。

猫妈妈贴士：不同季节猫的管理

对猫的生活护理应因季节的不同而不同。

春天,猫处于发情和交配期,寻找"另一半"是猫此时最为重要的任务。在这个季节,猫表现反常,在家寂寞难耐,急于出门寻找伴侣。雌猫随地打滚,公猫则到处喷尿,期待有心仪的对象闻味识猫。这时,饲主要看管好猫,切勿让它擅自离家或者外逃。想做猫爷爷或猫外婆的饲主,可主动为猫寻找门当户对的配偶。当然,如果没有这个计划,在猫成年后应及时为它做绝育手术。猫在寻偶期食欲不振却精神亢奋,饲主要为它提供可口的食物和清洁水。有些公猫因争夺母猫而斗殴,受伤挂彩的情况时有发生,因此,饲主要留意猫的伤口部位,及时为它治疗。另外,春天潮湿,细菌和真菌容易引发皮肤病,饲主要经常给它洗澡,梳理毛发,防止皮肤病的发生。

夏天气温升高,因猫汗腺不发达,不易排汗,容易中暑。鉴于猫不爱洗澡的特点,饲主应每天为它擦洗身体,保证猫床摆放在通风干燥的地方,并注意降温,防止中暑。炎热的夏天,食物容易腐败,猫如果吃了腐败食物,有可能中毒或腹泻。所以，剩饭剩菜要及时处理，防止猫偷吃。

秋天天气转凉，昼夜温差较大，要注意猫的保暖，猫窝应从通风凉爽处迁移到暖和的地方。秋天是换毛季节，要保持室内卫生，经常为猫梳理毛皮。此时，猫的饭量要比夏天大，所以有必要增加每顿饭的供应量，以免出现吃不饱的情况发生。

冬天，猫因天性怕冷，喜欢寻找暖和的地方打盹休息，所以，饲主要防止猫接触加热器等取暖设备，防止猫进厨房跳上灶台造成烫伤、烧伤。冬天日照时间短，但晒太阳有助于猫对维生素 D 的摄取，因此，在阳光明媚的日子，饲主不妨多带猫出门晒太阳，进行适当的运动，增加猫的抵抗能力，防止冬季肥胖和佝偻病的发生。

三★ 有病必须及时治

13. 打喷嚏

　　猫自尊、独立的个性使它在人类宠物王国一直保持"微缩版的王者风范"，但是，即便再怎么做出一副"我很强大"的样子，它也免不了有成为病猫的那一天。感冒这个人类常见的普通小毛病，猫也难以避免。

　　猫感冒的症状非常明显，和人的症状基本相似。患了感冒的病猫多表现为精神萎靡、食欲不振、不愿活动，体温高达40℃左右，有些病猫甚至打喷嚏、流鼻涕、咳嗽。重感冒的猫畏寒、怕冷，眼睛流泪，眼结膜充血。

　　在我们寻找猫感冒的病因时，首先要从检查自己开始："喂养猫的食物是否营养均衡？""猫床的保暖性够不够？""给猫洗澡后，是不是及时吹干了？"等等。我们都知道，生活在宠物时代的猫是依赖人类安排衣食住行的，猫的身体健康自然也与饲主的喂养方法脱不了关系。

　　比如，营养单一的食物会导致营养不良，抵抗力低下。

尤其是在春天或者秋末初冬,气温明显的变化会使抵抗力低下的猫容易感冒。

当猫运动后出汗,或被雨淋受寒,也会发生感冒。当然,在寒冷的冬天,给猫洗澡后没有及时为它吹干,同样会得感冒。

过度疲劳也容易引发猫感冒。随主人外出旅行的猫,舟车劳顿及陌生的环境往往会使它们精神紧张、身体疲劳、食欲不振。这种状态下的猫很容易感冒。睡觉的地方保温性能不好,在寒冷的冬天也会让猫感冒。另外,感染了患有此病的猫的喷嚏和鼻涕中的细菌也会引起感冒。

猫感冒一般两周就可恢复,但如果抵抗力下降,引起别的病毒感染,就需要很长时间才能治愈。

猫感冒后,饲主应更换单一营养的猫粮,检查猫床的保暖性,在气温较低的情况下尽量避免给猫洗澡。外出的饲主,尽量要避免带它长途旅行。

对猫感冒的治疗以解热、祛寒为主,给它保暖,补充水分和营养,防止细菌感染,并尽量让环境保持安静。当然,在平常的生活中加强猫的运动量,对它进行耐寒训练,以增强机体抵抗能力。在气温发生剧烈变化时,采取相应措施,冬天防寒保暖,夏季防暑降温,通风换气。

最后要提醒的是,在带猫咪去医院时,要把被分泌物弄脏的猫眼和猫鼻子清理干净。

猫感冒常常和饲主的喂养方式有关。

14.呕吐

猫的确是个爱呕吐的家伙,在很多情况下,它会不顾形象狠狠地大吐特吐。猫为什么爱呕吐呢?

呕吐是机体的一种保护性反应,当胃受到某种刺激时,机体为了保护胃的正常功能,就把刺激物呕吐出来,免受有害物质的继续刺激。猫呕吐的原因五花八门,归纳出来,大致分为病理性呕吐和生理性呕吐。

1. 吃了不洁食物。猫吃了变质或者腐败的食物,比如腐烂的鱼或者变质的肉,在食用后会发生呕吐,呕吐物中含有刚吃下不久的食物。

2. 肠胃病。如果呕吐物为咖啡色或者鲜红色,表明它患有肠炎或胃溃疡。即使在空腹的状态下也呕吐,常常是由于胃或十二指肠等顽疾引起,呕吐物多为黏液。对于病理性的呕吐,饲主应尽快求医,请医生治疗。

3. 吃得过多。有时候猫对某种食物过分偏爱,一下子吃得太多,呕吐是不可避免的。吃东西太快,也会引起呕吐。吃得太多或太快表现为一次呕吐大量胃内食物,之后症状就不再出现了。

4. 吐毛球。这是发生在每一只猫身上最常见的呕吐。毛球的形成是由于它用舌头舔毛梳理时将毛吃进体内,日积月累,形成毛球。体内毛球积累过多,会刺激胃黏膜,反射性地引起呕吐,以便吐出毛球。正常的猫都有将体内毛球吐出的生理功能。

当猫过度兴奋或者吞食了野鸟之类的猎物,也会引发呕吐。它们和"吃得过多"及"吐毛球"而引发的呕吐都属于生理性的非严重呕吐。只要禁食一夜,之后给它喂少量食物,呕吐一般就会停止。

猫患了肠胃炎,呕吐了。

宝贝,喜欢就多吃点.

吃得太多也呕吐。

猫舔毛后引起了呕吐。

猫呕吐的多种原因。

13.腹 泻

　　猫拉肚子是消化不良或吸收不良的综合症。症状主要表现为:猫便便的次数增加,短时间内频繁上厕所。拉出的便便呈稀薄的水样,还发出难闻的味道。病情严重的猫甚至来不及赶到厕所,便便就已经拉在半路了。频繁的拉肚子几乎要让它虚脱,因为虚弱的缘故,病猫懒得活动,有气无力地卧在窝里。

　　虽然拉肚子对人来说是件平常的事,但猫拉肚子24小时以上,饲主应慎重寻找病因,以免贻误病情。

　　拉肚子一般和吃有关。猫如果吃了难以消化的食物,或吃得太多,这两种情况都会拉肚子。有些饲主会因为猫喜欢吃某种食物,任由它无节制地大吃特吃,其后果便是肠胃难以消化,引起腹泻。当猫出现腹泻时,饲主可视猫咪的病情,让它24小时全天禁食,只提供清洁饮水。同时,给猫喂食助消化药。24小时禁食过后,可以给它喂少量流汁,如肉汤,少吃多餐,直到恢复正常为止。

很多情况下,饲主将人用牛奶喂猫也是引起腹泻的另一个主要原因。因为只有波斯猫有分解牛奶的能力,而大部分猫喝了人用牛奶后都会出现不同程度的腹泻。这种症状一般在停止喂牛奶后就会消失。当然,要避免这种情况再次发生,饲主应考虑用猫用牛奶来喂食。

常见的腹泻还有受凉所致。在这种情况下,粪便呈稀水并带有未消化的食物。饲主应该立即停止喂食,并提供清水以防脱水,同时,给猫喂止泻药,并注意猫的保暖。如果病情没有缓解,应立即求医。

以上病症,如果转为急性肠胃炎,腹泻便成为主要病症,同时伴以呕吐、腹痛。猫的精神状态不佳,排出的便便为水样或者胶冻状,并发出难闻恶臭。如果猫粪便为黑红色或黑绿色,则表明小肠或胃发生病变或受损,如果鲜血附于大便,则表明大肠出现病变。对于比较严重的肠胃炎病症,饲主应立即将猫送医院治疗。

腹泻可根据轻重程度选用止泻药止泻,在治疗与恢复期间,禁食与控制饮食、少吃多餐并用,喂清洁饮用水,避免脱水。若猫绝食拒水则应送去宠物医院输液治疗。恢复期加强营养是关键,为猫增加有营养且容易消化的食物,如猫用奶、鱼汤、肉汤等。同时,要保持居住环境的保暖、通风和床的清洁,避免继发性感染或与其他猫的交叉感染。

受凉、吃坏东西或吃得太多,是猫腹泻的主要原因。

16. 便　秘

　　猫的反常表现是每天有规律的便便发生了变化,有排便姿势,但排不出粪便。有时排出少量附有血液和黏液的干粪,一段时间后肛门变得红肿或水肿,情绪表现为坐立不安,常回顾腹部,并频频舔舐肛门。有时候因腹痛弓背弯腰,甚至呕吐。

　　如果有以上的情况,那么,显然是便秘了。猫便秘是常见病之一,是因肠管运动障碍和分泌紊乱,肠内容物停滞、变干,使肠道不完全或完全阻塞的一种消化系统疾病。这种病多发于幼猫、老龄猫和长毛猫,多发生在猫的结肠和直肠部位。猫便秘一般由以下几种原因造成:

　　1. 饲养不当。长期喂干的食物,饮水供应不足。猫因缺乏饮水,或吃了过多毛发和异物,导致肠道内的容物干结。

　　2. 自身疾病。猫患了排便疼痛性疾病,如直肠息肉、直肠炎、肛门脓肿等，因正常便意消失而发生便秘。

3. 运动不足。运动量不足造成肠蠕动机能障碍，肠内的容物不能及时后送，滞留在大肠内时间太长会变干变硬，使肠道不通，形成便秘。

4. 心理失调。因环境的改变引发郁闷、生气，或其他的不良心情，从而引起生理变化，便秘往往是结果之一。要知道，"笑一笑，十年少"，心情舒畅的猫是不容易生病的。

便秘的猫很容易被辨识出。初期，病猫排便用力，排出少量附有黏液的干便，或少量恶臭的稀便。病后期，病猫表现不安，试图排便而不易排出，精神紧张，不停地叫，并频频回顾腹部，继而食欲减退，精神沉郁。有的猫还呕吐，明显的腹围膨大、肠胀气。当猫的直肠及结肠便秘时，饲主用手摸猫腹部可触到成串的粪块。肛门指检可摸到干硬粪便。如果无法确诊，可送医院做 X 光检查。

一般来说，药物疗法是猫便秘前期采用的治疗方式，喂适量的缓泻药，或采用灌肠疗法。用温肥皂水 40～80 毫升，以灌肠器灌入肠内，配合腹外适度地按压肠内秘结粪块，一般多能奏效。当猫病情严重或者饲主自己无法处理时，就必须及时送医就诊。当然，一些简易的在家就能实施的方法也能治疗便秘,比如给猫灌一勺色拉油,让它润滑肠道。一次 10 毫升,一天喂 2~3 次,对缓解猫便秘有一定帮助。另外,可以给猫喝人用牛奶,注意量千万不能太多,通常一个碗底就可以了。人用牛奶通常有泻剂的作用,而且经济实惠、方便简易。

当猫便秘解除后,为了防止复发,可适当给它服用泻剂,促进肠内的容物排出。为了防止便秘,饲主要注意在猫食中不要混入毛发、骨头等异物,并定时定量饲喂,营养搭配要均匀。适当增加猫的运动量,平时多注意猫排便情况,如果发现猫连续两天不排便时,就要及时给它服用适当泻剂,促进排泄。

猫便秘的原因。

11.暴　食

　　在日常生活中,猫遵循自己的"吃饭法则",不饮食过量,不暴饮暴食,每日只摄取身体所需要的热量,这是它的本能。所以猫一般都以正常的体重示人,肥猫也只是个别几个,如大名鼎鼎的"加菲猫"。

　　但是,倘若看到猫将"吃饭法则"弃之一边,突然饭量大增,暴饮暴食,饲主就不能掉以轻心了。如果是怀孕的母猫,饭量大增是为了增加体能和营养,这是正常的表现。如果不是孕猫,那么,暴饮暴食则表明它有可能患了糖尿病。

　　糖尿病是由各种原因造成胰岛素相对不足或缺乏及不同程度的胰岛素抵抗,使体内的碳水化合物、脂肪及蛋白质代谢紊乱的内分泌疾病。而这种疾病,很大可能是由于饲主喂食比较单一,长期以碳水化合物作为主要食物,造成它脂肪堆积过多,阻碍糖的存储,导致糖尿病的发生。

　　糖尿病的典型症状在发病初期难以察觉。饲主发现猫饭量大增,还以为"这家伙在长身体了"。病猫不仅饭量增加,而且喝水也明显增多,倘若在暴饮暴食的基础上,日渐消瘦,体重减轻,那么说明它的病症已经到了非常严重的程度。

病猫的典型症状是"三多一降",多饮、多食、多尿、体重下降。病重时,猫的尿量要比平时增加 3~5 倍,尿里还带有特殊的类似苹果的香甜味。如果不及时治疗,病情将发展到顽固性呕吐和黏液带血性下痢,酸中毒也可能随时发生,最后陷入糖尿病昏迷。

即使对于人类来说,糖尿病也是比较麻烦、康复比较费周折的病症。所以,一旦发现猫有暴饮暴食、体重减轻、尿量增加的情况,要尽快送宠物医院确诊、治疗。

糖尿病很大程度源于不当的饮食习惯,这一定与饲主的喂养方式有关。饲主必须从饮食着手,在食物中限制碳水化合物,代之以富含肉、蛋、乳等物质的成品猫粮是成功预防糖尿病的重要一步,也是缓解病猫病情、加快康复的关键。

糖尿病的典型症状是"三多一降"。

18. 流 口 水

　　流口水在人类的词典里是嘴馋或者欲望的表示。对于猫来说,情形却完全不同。猫如果嘴馋,那就是非要吃到嘴里才善罢甘休,即使不能如愿,也会用一边"妙呜"叫个不停一边用爪子抓沙发的方式表示"我要吃"之类的欲望。当猫出现流口水时,饲主就要警惕了。因为,对于猫来说,流口水并不是嘴馋,而是生病的表象。

　　当猫口水不止时,饲主先要自行对它进行检查。回忆最近几顿的猫饭是什么,检查它喉咙里是否有鱼刺卡住。在排除这种情况后,以下几种情况也会出现流口水的症状。

　　1. 口腔炎。一般为鱼刺或者骨头扎伤口腔,或被木刺、钉子等锐器划伤,或其他不明物对口腔黏膜造成损伤,或继发感染引起。当然,过热的食物引起口腔黏膜烫伤也是一个原因。

　　在口腔炎发病初期,猫有正常食欲,但咀嚼困难、缓慢甚至囫囵吞枣,令饲主觉得"吃饭向来彬彬有礼的猫怎么一下子变得像老人般缓慢"。而流口水则表明它的口腔炎已经达到一定的严重程度了。饲主把猫嘴张开,可以发现口腔潮红、肿胀,有水泡、溃疡等,难受时会用前脚抓挠嘴部,表情痛苦。

用淡盐水清洗猫的口腔是简单易行的方法,每日清洗2~3次,同时口服维生素 B,或抗生素,以防口腔炎的继发性感染。重症口腔炎的病猫体温升高,不能进食,症状严重,饲主应去宠物医院请专业医生治疗,注射葡萄糖生理盐水。在患病期间,猫的饮食最好以营养丰富、容易消化的流汁或者软质流食为主,如鱼汤、肉汤等,以减轻咀嚼的负担。家养多只猫的饲主应将病猫隔离,不要与健康猫接触,病猫所用的一切用具也要彻底消毒,不与健康猫混用。饲主在接触病猫后,要洗手消毒才能接触健康猫。

2. 咽炎。咽炎的发病原因和口腔炎大致相同,如鱼刺、骨头等异物损伤咽部黏膜引起发炎,或食温度过高和过低的食物所致。当然,口腔感染、感冒、扁桃体炎等也可继发咽炎。维生素 A 缺乏也会并发咽喉发炎。

患了咽炎的猫起初症状为进食缓慢,渐渐发展为饮食困难,或食欲不振、流口水、干呕、空口吞咽等现象,严重的猫全身无力、拒绝进食,咳嗽并且体温升高。饲主把猫嘴张开,可看到咽部黏膜充血、肿胀。

除了口腔炎和咽炎两种常见病外,猫患有齿龈炎、牙周炎、扁桃体炎等,也会有流口水的现象。

在自己不能判断猫为何流口水的情况下,建议送宠物医院,请专业的医生诊治。

对于猫来说,流口水不是嘴馋,而是生病的表象。

19. 咳 嗽

　　猫出现"咳、咳、咳"短暂的阵咳,没有痰,确切地说是干咳,而且咳嗽时像个小老头,表情很痛苦,有时候还低头张大嘴呼吸。

　　经医生检查,结论出来了:"咳嗽的原因是因感冒引发喉炎。"饲主想起了,在给猫洗完澡后,没有用电吹风把体毛吹干,而是让猫自己晾干。因此,猫就易受寒引发急性感冒,由此并发急性喉炎。

　　喉炎是指喉黏膜和下层黏膜的炎症。当猫的喉咙发炎时,主要表现为剧烈咳嗽,喉肿胀、疼痛等。喉炎发病的主要原因,有可能是物理性、化学性及各种机械性因素导致喉部受损,也有可能是因天气寒冷而引发感冒,或者吸入有害气体、烟雾,或异物梗阻都可能引发喉炎。继发性感染,如鼻炎、咽炎、气管炎等,也都会引发喉炎。

　　咳嗽是喉炎的主要症状,喉炎初犯时,多为短暂的干咳,没有痰。若未及时治疗,干咳将转为长时间的湿咳。天冷时,咳嗽更加重,有些猫甚至在咳嗽后呕吐。程度轻的喉炎没有明显的其他全身症状,严重的喉炎,有体温升高、精神不振、食欲不振症状。

对喉炎的治疗,须在医生的指导下,以抗菌消炎、镇咳化痰为主。在饮食方面,饲主要喂食容易消化的食物,让猫多喝水,减少对喉黏膜的刺激。

咳嗽同样也是支气管炎的主要症状之一。和喉炎症状不同的是,支气管炎表现为精神不振、两眼无神、食欲不振、呼吸不畅,且有明显的腹式呼吸,咳嗽之后常有呕吐现象,鼻涕从浆液性转变为黏脓性。

支气管炎的发病原因多为气温突变,受寒所致。当发现猫有支气管炎的症状时,饲主要及时将猫送宠物医院,请医生进行血液检查确诊,并在医生的指导下进行抗菌消炎、止咳平喘治疗。

总之,猫咳嗽和呼吸系统疾病有关,这是咽喉或者气管受到刺激而引起的反射作用。要提醒饲主注意的是:在一些特殊情况下,猫也会表现出急促咳嗽,比如在吞下体积较大的食物或其他异物,卡住了喉咙,它的生理自然条件反射促发咳嗽。饲主应该立即采取排除口腔异物的急救措施。

另外,如果猫活动的周围环境有诸如烟雾、杀虫剂等刺激性

有害物质,也会引发咳嗽,这时,让它远离有害环境,是解除

咳嗽症状的当务之急。

不同原因造成的猫咳嗽应采取不同措施来应对。

20. 掉 毛

当猫在不是换毛的季节出现脱毛现象时,有可能患了皮肤疾病。不同病源引发的皮肤病虽然各有症状,但脱毛、发炎等是各种皮肤病的共同症状。

曾经有一只刚满月的小流浪猫,因长期吃不饱,所以当它第一次吃猫粮,居然一脸幸福地在铺满一地的猫粮上快乐地打滚。因为营养不良,在被收养后的一周,流浪猫的脚趾缝开始掉毛,脚上皮肤脱屑,皮肤上形成圆形癣斑,并覆有鳞屑。对于这种症状,医生的解释是它患了体弱多病的小猫或营养不良的成年猫最容易患的皮肤病,即皮肤霉菌病,也就是皮肤癣。

癣是真菌感染引起的皮肤病,主要病原是小孢霉菌。这种菌存在于皮肤的表层、硬皮和鳞屑、毛囊,毛根周围或毛体上,形成大量孢子。它在猫失去活力的角化组织中生长,扩散到活细胞时即停止。当病猫挠痒或者在其他物体上蹭痒，或与其他猫互相舐舐时，就会把孢子传播开，引起皮肤癣病的扩大和传播。

皮肤癣的症状为：患部脱毛，有皮屑，轻度红斑，有痂皮，多发生在耳部、面部、四肢、尾巴，在爪甲部感染则造成甲沟炎。癣部的毛折断或者脱落，猫有剧痒感，所以常蹭痒。

对于小片癣可以局部涂擦（面积稍大于病患处）抗真菌软膏，如克霉唑软膏、达克宁软膏、癣净，2%霉康唑等（为防止猫舐舐药膏，饲主可以亲手为猫制作一个伊丽莎白式的纸板硬领，即一个不完整的圆圈，戴在猫脖子上，再用胶带黏合）。感染严重时可口服灰黄霉素，剂量为60毫克/千克体重，或制霉菌素、曲古霉素。酮康唑、益康唑对甲沟炎效果较好，益康唑主要用于深部霉菌病。

孢子对热和消毒药液的抵抗力较强，不易被杀死，因此，一旦发病，不容易被彻底根治。皮肤癣为人畜共患病，在照顾病猫时，饲主要注意预防传染，接触病猫后要及时洗手。若饲主发现皮肤有皮屑、轻度红斑症状时，要及时到医院就诊。

预防皮肤癣的关键在于做好猫的清洁卫生工作，经常给猫洗澡、梳毛。家中养多只猫的饲主，要把病猫与健康猫相互隔离，以免交叉传染。

如果猫的皮肤正常，没有皮肤癣的症状，但却出现脱毛现象，那么，有可能是因为猫食搭配不当，体内营养不良所致。也就是说，虽然营养不良不会直接导致皮肤癣的产生，但在皮肤癣产生之前，营养不良同样也会造成猫的脱毛现象。比如说，猫除了需要高蛋白质、脂肪、碳水化合物、各种维生素外，还需要一定比例的矿物质来保持体内正常的营养。猫体内如果缺碘，其症状表现为皮肤暗黑，有皮屑，并大量脱毛。

对于缺碘而引发的脱毛症状，最好的办法是在饮食中为猫补充碘的含量。在家中烹煮猫食时，可以加一些含碘的食用盐，但不能过量。也可以喂猫吃专用的多种维生素微量元素药片，补充它体内矿物质的不足。

不是换毛季节出现的脱毛,有可能是患了皮肤病。

21. 屁股红肿

加菲猫说:"还是做猫好,起码脸上不会长青春痘。"对于猫来说,脸上虽然不长青春痘,但是,屁股上却未必能幸免。

有一天,猫一改平日威风凛凛的样子,而是眉头紧锁,忧郁地在屋里走来走去,时不时地回头舔舐屁股。

第二天,猫走来走去的频率加快,显得焦躁不安,不时用肛门在地板上磨蹭,步态独特,且不断追着自己的尾巴旋转。

更奇怪的是,在大便时表现出一副很痛苦的样子,努着屁股,但什么都没拉出来。当饲主去抚摸并查看它的屁股时,一贯顺从的猫居然极力反抗。

是便秘了吗?

饲主首先怀疑猫的排泄系统出现问题。通过近距离观察猫屁股,饲主很快发现它的肛门又红又肿,而且红肿处有大量黄色稀薄分泌液，并混有脓汁。

可以肯定，猫频频回头舔舐的便是这红肿的屁屁。情况似乎和便秘很相似，但是，在便秘的情况下，肛门也不至于流脓啊！到底是便秘，还是其他毛病？饲主在不能判断病情的情况下，决定向医生讨教。

医生的检查结果显示，猫患了肛门囊炎，是因肛门囊内的腺体分泌物贮积囊内，刺激肛门黏膜而引发的炎症。正如每个人都有可能长青春痘一样，每只猫都有可能患肛门囊炎。

肛门囊位于内、外肛门括约肌之间腹侧，左右各一个，为球形。肛门囊开口处突在肛门之外，分泌灰色或褐色的含有小颗粒的皮脂样分泌物。当肛门囊的排泄管道发生堵塞或猫为脂溢性体质时，腺体分泌物贮积就有可能发生肛门囊肿。另外，肥胖的猫由于肌肉节律性运动失调，使得肛门囊内的容物排泄受阻发生囊肿。

肛门囊炎的症状主要表现为肛门呈炎性肿胀，猫排便困难，引起便秘。因为肛门的刺激，会让猫经常回头擦舐或者啃咬肛门。病情严重时，肛门囊破裂，流出黄色稀薄混有脓液的分泌物，肛门处形成瘘管，疼痛加重。随着病情的恶化,就会出现发热、大便失禁、不通畅、食欲不振、体重下降等症状。

对于肛门囊炎的治疗,在初发期,可用拇指和食指挤压肛门囊的开口部,将囊内的内容物挤出,并用金霉素眼药膏或者消炎药膏涂擦在肛门囊破溃处。症状较严重并伴全身症状时,应进行全身抗感染治疗。

肛门囊溃烂或形成瘘管,可采取外科手术,请宠物医生切除肛门囊。但在手术后4日内严禁进食或喂流汁食物,减少排便,防止猫坐下及啃咬患处。

定期检查猫肛门部的液囊,一月清理一次,或者两三月清理一次,及时挤出肛门囊内的分泌物,是防止肛门囊发炎的主要方法。

经常回头舔屁股，焦躁不安。

猫便秘了。

不许碰我尾巴！

肛门红肿了。

正如每个人都有可能长青春痘一样，每只猫都有可能患肛门囊炎。

22. 弓形虫病

　　弓形虫是大多数人感到比较可怕的疾病，因为，种种有关弓形虫所引发的胎儿畸形皆和弓形虫病及与这种虫子的寄主猫有关，也因此让猫成为某些人妖魔化的对象。而一旦家中有孕妇或者饲主自己成为孕妇，猫也就避免不了被遗弃的悲惨命运。

　　其实，只要了解弓形虫病的成因，对猫这个弓形虫寄主也就不会感到那么可怕了。弓形虫病是由龚地弓形虫引起的寄生虫病，猫是弓形虫的中间寄主，也是终寄主。龚地弓形虫，简称弓形虫，是一种细胞内寄生虫，因为在虫体生活发育史中的滋养体阶段形状呈弓形，所以叫弓形虫病。弓形虫在猫科动物体内形成卵囊，卵囊随着粪便排出体外，在适宜的条件下转变为传染型卵囊。一只猫一天能排出1000万个卵囊，可以持续排两周。

　　猫感染弓形虫后，一般表现为食欲不振、消瘦，没有明显的临床症状,但怀孕母猫有可能流产或者死胎。处于急性发作期的小猫,症状表现为体热,温度在40℃以上,精神不振,嗜睡,食欲不振,有呕吐或腹泻现象。

对于弓形虫的诊断化验,最简便的方法是检验猫的粪便,发现有卵囊便可以确诊。另一种检验方法是用血清学试剂盒做试验。当然,这些都应由专业宠物医生进行检验,并在医生建议下口服磺胺类药物。

对于弓形虫病的预防,首先要注意环境卫生,对猫的粪便要及时处理,防止污染环境。同时,要避免喂食生冷的乳、肉、鱼等,熟食可以减少被感染的机会。一旦发现猫有疑似症状,要立即进行隔离,并送医院治疗。对于受污染的环境,应该用消毒水或者漂白粉溶液进行消毒。

因为猫与人的关系密切,所以,病猫常常成为一个重要的传染源。人或者其他动物会通过消化道感染传染性卵囊。当怀孕的饲主在介绍如何做母亲的书中看到"弓形虫病"这个字眼的时候,总会感到腹部有一阵莫名的不安。北卡罗莱纳州立大学兽药学院的宠物和特种药品副教授迈克尔·戴维森医生说:"有些医生要求孕妇不要养猫,但这是不必要的。"他指出,大约有60%的人类会被传染,通常是通过接触猫沙盆或猫粪便而被传染。女性能通过猫传染弓形虫病的唯一渠道是直接接触猫的粪便,而大部分人都避免这样做了。有的时候,许多饲主在养猫之前就已经被传染了。像猫一样,人一般也没有什么明显症状,或者只表现出轻微的"感冒"症状。人被感染弓形虫病后体内会产生抗体,并因此产生免疫性。

为了避免传染弓形虫病,怀孕的饲主应避免接触猫的排泄物和猫沙盆,让家中的其他人来完成清理粪便的工作。只要做到这一点,猫的弓形虫病就不会对怀孕的饲主产生不良影响,所以,弓形虫病并不像传说中的猛虎怪兽般那么可怕。

猫妈妈贴士：打疫苗防传染

治病要从预防开始,在猫健康的时候打疫苗进行接种,有助于预防传染性疾病。在注射疫苗前,最好事先为猫驱除体内寄生虫,驱虫与注射疫苗最好不要同一天进行。

猫三联疫苗,可以预防:

1. 猫瘟 (泛白细胞减少症 Feline Panleukopenia)

2. 猫鼻气管炎(Feline Rhinotracheitis)

3. 猫卡里西病(Feline Calici Viral Disease)

免疫接种方法：两个月以上的猫需肌肉注射两次,间隔时间为3～4周。注射后,保护期(即免疫有效期)为一年,每年应免疫一次。

狂犬病疫苗,用于预防狂犬病的发生。

免疫接种方法:3个月以上的猫即可免疫注射,保护期为一年,每年应接种一次。

猫三联疫苗和狂犬病疫苗不能混合在同一针管注射,包括不能混用同一针管进行注射。

注射疫苗时应该注意,幼猫在10周以上才可以进行疫苗注射。小于10周的幼猫,体内从母乳获得的抗体还没消失,如果注射疫苗,疫苗和抗体发生作用,会使注射的疫苗失去预防作用。

注射疫苗一般由专业的宠物医生进行操作,饲主必须进行有效的配合,严格按照疫苗说明书,按时带猫咪去宠物医院进行接种,并监督医生按次按量打疫苗。在猫注射疫苗前要体检和驱虫,这样才能收到较好的免疫效果。生病和身体不健康的猫不能接种。

注射疫苗后,由于免疫系统开始发生反应,猫可能会出现发烧、精神变差、食欲下降、嗜睡等现象,这些都是正常的反应,通常1~3天就会自行恢复。注射后应给猫足够的营养和补充维生素。

疫苗注射7天左右,才能产生一定数量的抗体,所以注射疫苗一周内,应该注意避免洗澡、外出。疫苗接种后,都有一定的保护率,但保护率不是百分之百。这说明,接种疫苗后的猫当抵抗力下降时,如果接触患病的猫,也有可能患上传染病。

防病从健康做起。只要做到防患于未然,猫一定会有一个健康的生活。

接种前要进行健康检查和驱除体内寄生虫，病猫不能注射疫苗。

疫苗必须在2℃-8℃条件下冷藏保存。

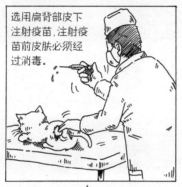

选用肩背部皮下注射疫苗，注射疫苗前皮肤必须经过消毒。

注射疫苗后可能会出现发烧，精神变差，食欲下降，嗜睡等现象，这些都是正常反应，注射后7天开始产生抗体。

打疫苗帮助猫预防传染病。

四 ★ 不当饮食易得病

23. 猫吃泥沙有原因

　　每一只猫都有属于自己的美食菜单。基本上，我们找不到一只不爱吃鱼，或不爱吃"妙鲜包"的猫。也就是说，猫有共同的爱吃的某种食物，而不爱吃的食物，不同的猫也会有不同的喜好。倘若猫不再爱吃鱼，不再吃猫粮，或者不再吃它本应该吃的食物，而是转向吃那些让人觉得不可思议的东西，比如，墙皮、泥土、沙石，甚至粪便，那么，这些奇怪的嗜好并不代表猫的口味发生转向，而很可能是预示它的健康已发生了问题。

　　猫的这种异嗜症，一般为体内维生素 D 缺乏所致。维生素 D 缺乏是一种营养性疾病，表现为食欲不振，精神状态不佳，在饮食习惯方面转为嗜吃墙皮、泥沙等异嗜现象。病情严重时骨骼变形，四肢弯曲，运动不灵活。

　　野生时代的猫可以通过捕食猎物、晒太阳来获得身体所需的各种维生素,而宠物时代的猫只能通过适当的营养饮食,比如牛奶、鱼肝油、含油的鱼等,或者经过加工与营养搭配适当的成品猫粮来补充它所需的各种维生素,并适度地进行日光浴来产生维生素 D。猫通过舔毛梳理从而将维生素 D 舔舐进体内,也是它补充体内维生素 D 的最便捷和经济的手段。

饮食营养不均是引发维生素 D 缺乏的主要病因。引起这种健康问题,很大程度上与饲主的喂养方式有关。比如说,有些饲主只喂瘦肉,有些饲主将猫长年置于屋内或笼内,阳光照射不足,这些都会导致猫体内维生素 D 的缺乏。

对维生素 D 缺乏症的治疗,一方面,适当给猫补充鱼肝油,或注射维生素 D 针剂,另一方面,为猫提供充足的日光照射,确保它能够以简便经济的方式从大自然中获得维生素 D。

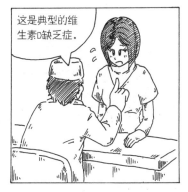

维生素 D 缺乏是一种营养性疾病。

在饮食方面,猫是按照自己的"吃饭法则"来执行的,定量而食。只要把胃装饱了,即使面对再多美味,它也懂得适可而止。所以说,不是每只猫都有机会成为"加菲猫",造成肥猫的责任不在猫,而在饲主。

常常坚持"猫就是爱吃鱼"的想法的饲主,无视成品猫粮中均匀的营养成分,代之以鱼为主食来喂猫。而鱼油中的不饱和脂肪酸过多,会引起脂肪组织明显的炎症,或者脂肪组织出现蜡质色素沉着,形成脂肪组织炎。这样,直接的后果就是长期吃鱼的猫就会变成懒怠的猫胖子。

猫肥胖的原因不外乎以下几种原因:食物中含过量营养物质,或不饱和脂肪酸过多,使得它获取的营养物质超过正常的标准营养要求;有时候饲主把猫长期关在室内,甚至笼内喂养,因运动量不足,致使脂肪在全身大量沉积而肥胖。

患了肥胖症的猫身形浑圆,脂肪沉积在腹部、腰部、颈部、臀部等部位,形成柔软而富有弹性的皱褶,体重远远超过正常标准。因为脂肪量增加,肥猫体力减弱,行动迟缓,动作的敏捷性大不如从前,爱睡觉,容易疲劳,稍微运动就会喘息不止。而且,肥猫的胃口并不像人们想象中的极好。相反,患了肥胖症的猫常无饥饿感,食欲不振,即使面对平日最爱吃的食物,也没有太大胃口。一句话概括肥猫的生活状态,那就是"活着没劲!"

肥胖症的治疗可以采取饥饿疗法或节食疗法,如果将两者有效地与猫的体能训练结合起来同时进行,可以达到最佳的减肥效果。

1. 饥饿疗法:对肥猫禁食,隔两天就断食一天。喂食的量不超过正常的量。在禁食的当天,无论它做出多么可怜的样子哀求,饲主也要硬下心肠,假装什么都没听见。

2. 节食疗法:限制每天的食物量,每天的食物减少到以往正常的一半,或采取每天只喂一次的办法,减少喂食的次数。

要防止肥猫的产生,需要改变只喂鱼或者其他单一过量营养性食物的饮食方法。切记,营养均衡的成品猫粮是保证它拥有一个健康身体的值得信任的食物。除此以外，饲主要引导猫进行适度的运动，增加它的运动量，从饮食与运动两方面同时进行，可有效预防猫的肥胖。

每天吃大量的鱼。

营养太多，变成肥猫啦！

要减肥，就得管好自己的嘴。

好饿，没吃饱。

运动减肥。

肥胖症治疗可采取饥饿疗法和节食疗法。

20. 为什么走路会撞墙

　　猫的视觉敏锐,在光线很微弱的夜间都能够分辨物体,在黑暗中自由活动。但如果猫的表情迷茫,走路撞墙,行动迟缓,视力下降,夜间不能视物,那么,有可能是患了维生素A缺乏症。

　　维生素A缺乏,主要症状表现为:视力下降,在阴暗光线下不能视物,行动迟缓,盲目行走,碰撞障碍物。有些猫发生干眼病,角膜增厚,角化形成云雾状,皮肤干燥,毛发稀疏,毛囊角化,皮屑增多。严重时,眼结膜发炎、怕光流泪、眼睛有分泌物流出。幼猫则会出现生长停滞,精神不振,厌食,消化障碍等症状。

　　维生素A主要来源于食物中的牛奶、蛋、动物肝脏、胡萝卜等。长期食用缺乏维生素A的食物,单一地以鱼作为主食,将不可避免地导致它体内维生素A的缺乏。另外,当食物中缺乏脂肪或者蛋白质时,也会导致维生素A的缺乏。怀孕期或者哺乳期的猫对维生素 A 需求量大,如果食物补充不及时或者不足,也将会导致维生素 A 缺乏症。

患维生素 A 缺乏症可在医生的指导下口服鱼肝油或维生素 A 治疗。按照"缺什么补什么"的原则,在猫粮中添加适当比例的胡萝卜、玉米、鸡蛋黄等,以补充食物中维生素 A 的不足。总而言之,作为一位爱猫人,喂养猫就得按照它的"吃饭法则"来安排一日三餐,注意营养均衡,避免饮食单一。

成品猫粮是猫最优质的食物。常见的成品猫粮的配料主要由肉类(如鱼、瘦肉、肝等)、粮食类(如大小麦、玉米、大米等)、蔬菜和酵母等组成。猫所需要的维生素、碳水化合物、蛋白质、脂肪及其他微量元素的含量都符合综合营养标准的要求。不管怎么说,成品猫粮中的营养物质是任何人造猫饭都代替不了的。对于孕猫,适当增加补给富含维生素 A 的食物是饲主的责任。

改变单一食物的饮食习惯,有效
防止维生素 A 缺乏。

26. 动作失调是缺乏维生素B₁

有些溺爱猫的饲主会认为"猫既然爱吃鱼,那么就多给它吃些新鲜的生鱼","新鲜生鱼比煮熟的鱼更有营养"。

其实不然,要知道,生鱼体内的硫氨酶会破坏硫胺,造成猫体内维生素 B_1 的缺乏。猫的维生素 B_1 要求量要比狗高出 5 倍,一般情况下,它每日维生素 B_1 用量为 0.4 毫克,干燥猫粮中每公斤含 4.4 毫克。维生素 B_1 是水溶性的,本身易于流失。另外,贝类、甲壳类以及淡水鱼内脏中含有大量分解维生素 B_1 的酶,可以破坏食物中的维生素 B_1。对于常吃贝类、甲壳类等食物的猫来说,流失维生素 B_1 的机会比少吃这类食物的猫要多得多。

维生素 B_1 缺乏是猫常见的 B 族维生素缺乏症。初期症状表现为消化机能障碍,食欲不振或减少,还伴有呕吐现象。中期症状为运动失调,走路不稳,摇晃不定,身体后半部虚弱、脱水,逐渐消瘦,严重的会抽搐或肌肉痉挛。到了晚期,身体处于弓状,整天昏睡不醒。妊娠期的母猫如果发生维生素 B₁ 缺乏症,会出现流产或生出死胎。

因此,饲主必须正视"病从口入"的教训,正确选择猫的主食,并进行科学的营养均衡搭配,严禁喂食生鱼。在医生指导下及时补充 B 族维生素制剂,是治疗这类疾病的最佳良方。

生鱼会造成猫体内维生素B1的缺乏.

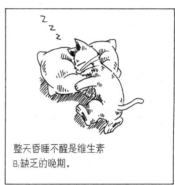

整天昏睡不醒是维生素B1缺乏的晚期.

喂食生鱼导致维生素 B₁ 缺乏症。

健康的猫需要多种营养成分,钙和磷是其中重要的元素。一般情况下,猫身体所需的钙磷比例为 1:1。合格的成品猫粮已将它所需的各种营养元素以适合的比例调配好。

对于一只没有被饲主喂合格成品猫粮的猫来说,不仅面临着各种维生素的缺乏症,而且也有可能因饮食的缘故产生缺钙的现象。

像肝脏这类食物,一百只猫中有一百只喜欢食用。当饲主看到猫对动物肝脏大快朵颐的样子,便自然地会这么想:"既然它爱吃,就让它多吃一点。"殊不知,长期以肝脏为主食会导致猫的体内缺钙。这是因为肝脏中所含的钙要比磷少得多,新鲜肝脏中所含的钙磷比例是 1:36。所以,长期食用肝脏后患无穷。

缺钙的猫有这些症状:胃功能减弱,食欲不振,身体消瘦,产生恐高症,丧失以往飞檐走壁的大侠豪气,而转为动作迟缓,精神萎靡不振。缺钙最终将导致佝偻病,猫后肢无力,严重的甚至瘫痪,不能行走。

对缺钙的治疗,唯一的办法是改变猫的偏食习惯。在初期,将成品猫粮和切碎的肝脏颗粒混杂在一起。一段时间后,逐渐在猫粮中减少肝脏比例,到最后则完全用成品猫粮替代肝脏。

长期吃肝脏会导致体内钙磷比例失调，钙含量减少。

28. 吃得太咸会中毒

　　大部分家养猫因室外活动有限,所以在外误食有毒食物比较鲜见。即便这样,也依然会因饮食不当而发生中毒事件,食盐中毒便为其中典型一例。

　　当然,这不是说猫偷吃了盐而中毒,而是食用了含盐分多的食物而产生的中毒现象。盐是猫身体进行新陈代谢的不可缺少的物质之一,但是食用咸鱼、海产品或过咸的剩菜剩饭,体内盐分过多,饮水又不够,很容易造成猫食盐中毒。

　　食盐中毒分急性和慢性两种,急性中毒一般发生在食用超量食盐制品后的 1 ~ 2 小时,出现口渴、食欲锐减、呕吐、腹泻,粪便中有血或者黏液等。有些猫表现为不停地空嚼,口边沾满唾沫。有些甚至在短时间内心跳微弱,呼吸急迫,后肢麻痹或瘫痪、昏迷,直到死亡。

　　慢性中毒表现为狂饮水,食欲不振,消瘦,喜欢磨牙,流口水,有些还表现为浑身瘙痒,眼睛失明,精神不振,体温降低,几天后呼吸衰竭而死。

对习惯以各种盐制品作为食物或零食来喂养猫的饲主必须要改变不当喂养习惯。因为,对食盐摄入过多,随时都可能影响猫的身体健康甚至夺去它的性命。

管理好家中盐制品食物,防止猫下手偷食。在干燥猫粮旁,永远不要忘了放一碗清洁的饮用水。一旦发现猫有食盐中毒迹象,应立刻送医院急救。

　　过咸的食物有引发食盐中毒的可能性。

喂狗食有危害

　　猫对营养的需要和狗有着很大的差别,其中的一例,便是猫对牛磺酸的需要。

　　牛磺酸是一种氨基酸,它以游离状态存在于无脊椎动物和哺乳动物的胆汁中,促使肠道吸收诸如胆固醇等类脂(脂肪)。在猫所需要的营养中,牛磺酸是最重要的一种,可防止猫的"膨胀心肌病"(即在心肌衰退的情况下,心脏组织自身膨胀试图满足动物的血液循环需要),而且对提高猫的生殖能力有非常明显的作用。牛磺酸对猫的视力非常重要,可防止发生所谓的"中央视网膜退化症"。如果身体缺乏"牛磺酸",猫在晚上看不到东西,最终会导致失明。当母猫身体缺乏牛磺酸时,生下死胎的可能性较高,即使胎儿存活,最终能活到断奶期的也不多。

　　和猫不同的是,狗可以自行在体内合成"牛磺酸",猫却无法做到。所以,猫的食物中必须添加一定量的"牛磺酸"，以保证它身体的需要。鉴于狗的情况，狗粮中不再需要添加任何"牛磺酸"。但是，如果饲主以"狗粮比猫粮便宜"为由让猫长期食用狗粮，后果将不堪设想。

如果猫只是因为好奇或者馋嘴，偶尔吃上一顿狗粮，也不会对身体造成什么危害。但是，狗粮只适合于狗，所含的蛋白质比猫粮少，而且不含猫身体必需的"牛磺酸"，如果长期用狗粮喂猫，那么，发生在猫身上的种种可怕的结果就会接踵而来。

猫吃狗粮将导致视力下降。

30. 剩饭剩菜不能吃

懒惰的饲主为了省事,给猫喂人吃剩的饭菜,这是完全错误的做法。

人的饭菜中所含的盐分对猫的身体有害无益。因为,猫对食盐的耐受量要比人低得多,过量摄入会引起脑组织水肿、脑室积液,使它处于兴奋状态,最后昏迷死亡。

饭菜中的洋葱及调料中的姜、葱、蒜等都会导致猫的食物中毒。它吃了这类食物后红血球发生溶化,贫血,甚至血液呈毒性。

用时间过久的剩饭菜来喂猫会引起猫的另一种中毒,即肉毒梭菌中毒。这种细菌很容易在熟食中繁殖,在25℃~35℃温度下,肉毒梭菌会迅速繁殖,这种菌素能耐受胃酸、胃蛋白酶的作用,在消化道中不易被破坏。所以,猫食后4小时左右发病,症状为神经麻痹、肌肉无力、吞咽困难、大肠杆菌中毒等,大多数猫即使在病愈后仍有不良反应。

　　如果剩饭剩菜中脂肪过多,猫长期食用将导致肥胖症的产生。而人的剩饭剩菜中牛磺酸的缺乏也会使得长期以此为主食的猫的视力下降,并最终失明。

　　总之,对于猫来说,人的剩饭剩菜并不含有它身体所需的多种营养成分。要全面认识猫的营养的重要性和必要性,必须要以动物的生理学为基础。所以,猫该吃什么不该吃什么,都得由它的"吃饭法则"来决定。

残羹剩饭对猫的身体有害无益。

31. 猫不能吃的食物有哪些

在猫食中有一些原料不能使用，如洋葱和葱，它们能溶解猫血液中红血球的组成成分，造成它因贫血而死亡。鲍鱼和海螺的内脏中含有毒物质，墨鱼和贝类过量摄取会造成猫的肠胃障碍。吃鱼过量会使猫患黄色脂肪症，肚子上长疙瘩。以下是猫不能吃的食物。

1. 动物肝脏。动物肝脏中含有大量的维生素 A，一些偏食的猫很爱吃，并拒食其他食物。而过多摄入维生素 A 会导致肌肉僵硬、颈痛、关节变形、肝脏损伤等疾病。

2. 高脂食品。大量高脂肪的鱼类或不新鲜的肉会导致维生素 E 的摄入不足，进而引起猫体内的脂肪发炎，并伴有极度的疼痛。

3. 鱼肝油。过量食用鱼肝油会导致维生素 A 和维生素 D 的超量摄入，进而引发骨骼疾病。

4. 葱类。溶解猫血液中的红血球，引起贫血和中毒。

5. 生鱼。某些生鱼中含有可破坏维生素 B_1 的酶，从而导致猫的神经疾病，严重时会致命。这种酶可以通过加热得以破坏，所以一定要将鱼煮熟后再喂食。

6. 鸡骨。鸡骨尖锐，容易刺伤猫的喉咙和肠胃。

7. 生猪肉。生猪肉很可能含有寄生虫，一定要煮熟了才能喂食。

9. 牛奶。很多猫喝了会拉肚子，一定要给猫喝专用的奶。

10. 人的剩饭剩菜。太多的盐和糖、太过油腻的食物，都会损伤猫的健康。

11. 狗食。猫和狗本来就不是同类，所以身体所需的营养自然也不同。

12. 墨鱼章鱼贝壳类。过量摄取会造成猫的肠胃障碍。

13. 鲍鱼和海螺。鲍鱼和海螺内脏中含有有毒物质，绝对不能喂给猫吃。

猫妈妈贴士：成品猫粮的益处

身体强健的猫必不可少的两种营养成分是蛋白质和牛磺氨，而能满足这些条件的食品首推成品猫粮。

成品猫粮的营养非常全面，含有猫健康成长所需的多种营养成分。常见的成品猫粮主要配料有肉类(如鱼、瘦肉、肝等)、粮食类(如大小麦、玉米、大米等)、蔬菜和酵母，以及猫所需要的维生素、碳水化合物、蛋白质、脂肪及其他微量元素，符合综合营养标准的要求。不管怎么说，成品猫粮中的营养物质是任何人造猫饭都替代不了的。

成品猫粮不仅具有营养均衡的益处，而且各式品种能为不同年龄段和不同身体状况的猫配置适用的猫粮，幼猫、成年猫和老年猫的猫粮营养成分的比例都可科学配置。不仅如此，成品猫粮提供的不同的口味，让猫能体会到吃饭的快乐。金枪鱼味、牛肉味、海洋鱼味或其他各式味道的猫粮，饮食的多样性让猫感受到"选择爱吃的饭菜"的幸福和满足。

成品猫粮还可以免去饲主每天绞尽脑汁、冥思苦想"今天为猫大人做什么饭才能讨它欢心"的烦恼。只要将猫罐头打开，随即就能招来对开罐器的声音极其敏感的猫，从而为工作繁忙的饲主省却不少麻烦来,节约了不少做猫饭的时间。

　　成品猫粮便于携带,不易变质,保存时间长,特别适合外出旅行,是绝佳的"旅途食品"。要提醒的是,成品干猫粮由于脱水配置,在喂食时千万不要忘记配上一碗新鲜的洁净水。

　　成品猫粮营养均衡,口味众多,是健康猫食的首选。

五. ★ 心病需要心药医

52. 声音恐惧症

　　许多研究表明,动物和人类都有某些基本的与生俱来的恐惧感,尤其是对不同寻常的声音,在通常情况下会产生一定程度的恐惧。这也许可以解释为什么有些猫平常表现出王者威风,但在一些场合却做出"胆小如鼠"的样子,与平日飞檐走壁的豪侠勇士形象大相径庭。

　　猫的听觉十分灵敏,可以听到的声频在 30～45 千赫之间,而人能感知的声频只有 17～20 千赫。所以,有许多人类听不到的声音猫却能够听到,而对一些人类习以为常的声音,猫却表现得非常敏感。这是因为有些猫从小没接触过类似的声源,不能理解声音的意义,对于无法辨别的巨大的声响产生恐惧感。比如汽车喇叭声,有些猫因长期生活在室内,对城市公路车水马龙声并不熟悉,轮胎摩擦地面的声音、鸣笛声,对猫来说都是不能忍受的恐怖声音。而当人们沉浸在节日鞭炮声制造的欢乐气氛中，却发现猫受惊吓过度，脱离饲主的控制在屋里惊慌奔跑，上蹿下跳，撞翻家中的瓶瓶罐罐，甚至出现对人进行攻击的行为。家中吸尘器的马达轰鸣声、给猫洗澡后电吹风的声音、电视机传出的打斗声，甚至雨天的雷声，猫都是视之为洪水猛兽。因为恐惧，猫就反应过激，做出乱窜、狂叫甚至攻击人的反常行为，这些都是由于对声音的过度恐惧而引发的心理疾病。

要消除猫的恐惧感，可以使用降低敏感度和抗恐惧训练两种方法。降低敏感度，就是让猫循序渐进地多次接近或接触它所恐惧的事物，并在这个过程中不断加强恐惧的强度。比如，可以训练猫增加外出乘车的次数，以帮助它了解车水马龙声对自己并无伤害，并逐渐达到心理适应。抗恐惧训练是把猫和它所恐惧的声音与它所喜欢的事物联系起来，通过建立积极的联想来对抗消极的联想。比如，在雷雨天，对雷声比较敏感的猫，可以采用喂它喜欢吃的零食来转移它的注意力。在给猫洗澡后用电吹风之前，可以采用奖赏它食物的方法，来加强抗恐惧的心理。

猫的声音恐惧症可以通过以上两种方法进行缓解并最终达到治愈。当发现猫有声音恐惧症时，正是饲主施展爱心与耐心的机会:对因为受声音惊吓而表现异常的猫施予安慰、抚摸,并以温柔的语言缓和它的紧张情绪。

害怕呀,好恐怖啊!

不要害怕,乖!

增加带猫乘车的次数。

这声音,听着挺恐怖的,但对我没危害。

用降低敏感度和抗恐惧训练来消除猫对声音的恐惧。

33. 环境不适症

　　没有比猫更为恋旧的动物了。猫的恋旧表现在对环境的强烈依赖。一旦环境发生改变，它的精神状态也会发生相应的反应。要知道，猫虽然懂得如何适应外界的变化，但它更希望能有一个尽可能稳定的环境，即使外界发生细小改变，它们都会变得多疑，甚至焦虑。如果你可以并愿意让你的猫高兴的话，请不要搬家，更不要随意改变它的地盘及它周围的物品。

　　但是，在一个流动的社会中，没有一个养猫的人可以做到长久住在一个地方的。搬家后，饲主常常会发现，猫在新环境中的表现往往与旧居大相径庭。也许饲主此时正在享受新家带来的愉悦，而猫却陷于沮丧与郁闷中。

　　猫对环境改变的不适应，在生理上会表现为不知原因的呕吐，或者掉毛，甚至用一些奇怪的动作来排遣心中的紧张与不安。比如，不断地舔身体的某一部位。起初，饲主会错以为它的爱清洁习惯使然。检查后,并没有发现该部位有任何受伤或者炎症。很显然,猫不停地重复舔身体某一部位的奇怪行为是心理强迫症的表现,而这种行为往往是内心郁闷压抑的宣泄。

习惯在固定厕所便便的猫一旦发生随地大小便的情况,很可能是因为在新的环境中沙盆的位置让它觉得没有安全感。当然,猫随地大小便的情况也有很大可能是因为患了泌尿系疾病,但在此类疾病被排除的情况下,随地大小便和环境的改变有很大关系,这也是猫对环境改变提出的直接抗议。

治疗环境不适症,需要让猫适当休息,加以调整,并尽量在新的环境中使用它惯用的玩具、碗、便盆。随着对环境的渐渐适应,猫不明原因的呕吐、掉毛及异常行为等症状也会渐渐消失。

适应新环境有一个渐进的过程。

34. 失宠焦虑症

　　鉴于猫特立独行,孤傲清高的性情,倘若要一只猫在成年后去交结新朋友,应该是一件极为勉强、并令它感觉很不爽的事情。但有些饲主会从人的角度出发,自作主张带来一只新猫,或者一条狗,想为它的"一个人在家的寂寞生活"增添一些友情的相伴。但事与愿违,种种迹象表明,成年猫并不能很快与家中新来伙伴和平相处。猫有强烈的"地盘意识",会因为有外来者的入侵而备感压力,异常的举止的发生也因而成为它失态恐惧症的宣泄方式。

　　面对家庭新成员的到来,敏感的猫会产生"饲主不再爱我了","在家里我已无足轻重了"的想法,被遗弃感时刻迸发。强势一点的猫对新成员挥拳相迎,而更多的心灵脆弱的猫则会躲在屋内一角暗自悲伤。形容憔悴、掉毛、不明原因的呕吐,以及本来有良好的习惯却突然转向乱抓家具、随地喷尿(公猫占多数),让饲主感觉它与过去判若两人

（猫）。

异常的举止自然是猫的解压行为，乱抓家具或随处喷尿的不良记录是猫面对"外来入侵者"，誓保自己地盘而采取的一种方式。

所有的失宠焦虑症症状，会在新猫或狗离家之后自动消失。所以，要解决这个问题，也只能以饲主的妥协来结束这场争宠大战，保持猫在家中继续做老大的地位。

当然，如果饲主一定要坚持增加新的家庭伙伴，不妨选择年纪较小，三岁以内的猫。这个年龄段的猫接受新猫成为其共同生活的伙伴可能性较大，两只猫从陌生到熟悉，大概需要2～3周的磨合期。而在新成员到来的初期，饲主切忌将全部注意力和关爱倾注给新成员，对旧成员进行必要的情感抚慰，是饲主为避免猫失宠焦虑症而必须为之的行为。

成年猫不能与家中新来的伙伴和平相处。

六 ★ 常见的急救方法

35. 昏迷急救的"四不要"

正因为这个世界的强者所面临的风险和他的强势是成正比的,所以,作为一个能够飞檐走壁、上天入地的微型虎族之王,猫在一生中所面临的危险也是其他动物所不能向背的。

猫昏迷一般有以下几种情况,比如心脏病、中毒、意外事故受伤,冬天在户外受冻、癫痫昏厥等。当发现猫昏迷时,饲主应立即着手进行急救,但必须谨记以下"四个不要":

1. 情绪不要崩溃,要保持冷静,切不要大力摇动猫的身体。

2. 不要轻易移动猫的身体,除非它所处的位置非常危险,比如在马路中央。

3. 不要抬高猫的头,因为呕吐物、血液或其他分泌物会回流到咽喉后部,从而堵塞呼吸道,窒息死亡。

4. 不要向猫的嘴里喂任何流汁食物或固体食物。

在猫昏迷时,饲主应采取如下急救措施:

如果必须要移动猫才能使猫尽快脱离危险,而猫处于安静或者昏迷中,那么,请在猫的身下垫一块硬纸板或木板,或者毯子、衣服,在不触及受伤部位情况下,动作要轻柔,尽量不要改变现有的姿势。将两只手的手心向上,放在猫的胸部和骨盆下面,轻轻将它托起,将猫放在毯子里,然后像吊床一样地慢慢提起。如果猫处在疼痛或狂躁不安的状况,那么饲主可用一只手托住猫的臀部或后腿,将它裹在毯子里,然后放在安静、温暖的地方。如果有条件,身旁最好放一个热水袋,以避免它的体温流失。当然,为了防止猫身体被热水袋烫伤,细心的饲主应该在热水袋之外裹一层布。

在将猫顺利放入毯子里之后,可以把它放在提篮中并立即送进医院,请专门的医生进行急救。

在联系不到医生或者条件有限的情况下,饲主的应急措施可以缓解猫的危险进一步恶化,从而为挽救猫的生命赢得宝贵时间。

首先,在猫腿和躯干交接处的大腿内侧触摸脉搏(参见本书《简易诊断技术》)。当猫呼吸不均匀或者停止呼吸时,应尽快松开它的颈圈,张开嘴,清除口腔内的异物,并把猫舌往外拉,擦净嘴里的唾液、血液或其他呕吐物。然后进行人工呼吸(参见本书《人工呼吸急救法》)。

其次,将手指放在靠近猫前腿的胸下部,即可触摸到心跳。如有必要,可进行心脏按摩,即用双手使劲摩擦心脏区,但要注意不要用力过猛,以免压伤肋骨。

如果猫有出血的状况,那么及时止血是挽救它生命的首要措施(参见本书《怎样给猫止血》)。

如果猫休克,为防止它体温流失,用毯子和热水袋保暖是当务之急。

你千万不要死,醒醒啊!

不要情绪崩溃,不要摇猫的身体,要保持冷静。

不要轻易移动猫的身体。

不要抬高猫的头。

不要向猫嘴里喂任何食物。

猫昏迷时的"四不要"。

56. 人工呼吸急救法

当猫发生紧急状况陷入昏迷时,可采用人工呼吸的方法,对它进行急救。

人工呼吸有两种,一种为体外人工呼吸法,另一种为口对口人工呼吸法。

首先要让猫平卧,以方便急救者对它采用人工呼吸法急救。

1. 体外人工呼吸法:将两手手掌按住猫胸部的肋骨,用力向下压,以排出它肺里的空气,下压后立即松开,使胸部扩张,让空气重新进入肺部。这样,保持每5秒钟一次的频率,直到恢复呼吸为止。但要切记,下压时不能用力过猛,否则可能伤及猫的肋骨。

2. 口对口人工呼吸法:在对猫进行口对口人工呼吸时,先检查它的呼吸道是否顺畅,口腔内是否有血液、唾液或其他呕吐物。如果有,要先清除口腔里的一切异物,然后将嘴唇贴近猫鼻子,张开猫嘴,连续向猫嘴里吹气 3 秒钟,暂停 2 秒后再重新吹气,这样持续下去,直到恢复呼吸为止。

体外人工呼吸法.

口对口人工呼吸法.

人工呼吸的两种方法。

31. 中毒的应对措施

　　猫一般在两种情况下可能发生中毒，一种情况是猫经过喷过杀虫剂的草地之后，用舌头舔毛而将杀虫剂等致命毒物误入口中引起中毒。另一种是直接中毒，也就是猫直接吃进了用来毒老鼠或其他害虫的毒药，或在捕猎中吃了被毒死的老鼠等动物。

　　一般来说，根据不同的中毒情况，可以给猫吃催吐剂、缓和剂或通便剂。催吐剂可以催发呕吐，得以将胃内毒剂吐出。催吐剂可以是很浓的盐水，也可以是碳酸钠片剂，可按照喂猫吃药的方式给它服用。缓和剂可以保护肠胃，有牛奶、生鸡蛋清或橄榄油等。通便剂则促进猫排泄，有石蜡油或者硫酸镁等。

　　猫中毒原因不同，症状大体相似。但是，不同的中毒原因，采取的急救措施也不尽相同，饲主可以根据以下表格所列举的中毒症状来判断猫中毒的可能原因，并采取相应措施进行急救。

中毒原因	来　源	症　状	急救措施
DDT	杀虫剂	流涎、抽搐、粪尿失禁、神经过敏	清洗毛皮、送医院治疗
杀鼠灵	鼠药	腹泻、出血、呕吐、四肢僵硬	送医院治疗
酚、甲酚、沥青	沥青、木材防腐剂等	昏迷、呕吐、嘴部烧烂、惊厥	洗毛，喂牛奶等缓和剂
铅	颜料	瘫痪或其他神经疾病	送医院治疗
砷	鼠药、园艺杀虫剂	腹泻、呕吐、瘫痪	清洗毛，喂食催吐剂和缓和剂
铊或磷	鼠药	呕吐、腹泻	喂食催吐剂

58. 怎样给猫止血

猫的攀高本事和地盘意识,使得它摔倒或和其他猫打架的机会要比其他宠物多得多。因此流血的概率当然也高得多了。

猫出血的原因很多,被车撞伤、与其他动物打架被咬伤、自己摔伤、被尖锐物扎伤或刺伤。出血的部位多发生在胸腹部、四肢、耳鼻部等。饲主应根据出血和伤口发生的部位、受伤的程度、受伤的原因等,进行相应的紧急处置。

给猫止血的方法有三种:手压止血、绷带压迫止血、止血带止血。

1. 手压止血。用清洁的纱布或脱脂棉,紧压在伤口上4~5分钟,然后慢慢减小压力。

2. 绷带压迫止血。若手压止血仍在大量出血,则要采用绷带压迫止血。先将纱布放在伤口上,然后用绷带捆扎压迫止血。

3. 止血带止血。当压迫止血和绷带止血都无效，或伤口呈喷射状出血时，就必须采用止血带止血。

对于猫流血的处理，因伤势不同而不同。如果是轻伤，出血很少，可以选择在家治疗，用稀释的抗菌剂对伤口进行清洗，剪去纠结在一起的毛，用消炎纱布盖住伤口，轻轻用手紧压 4 ~ 5 分钟，然后包扎绷带。如果伤口深度或长度达 2 厘米以上，出血较多，在进行基本的止血后，再用绷带绑扎伤口压迫止血。如果绷带止血无效，或伤口呈喷射状出血时，应立即采用止血带止血，将止血带紧紧捆在伤口的上方，隔 15 分钟松一下，然后立即送医院治疗，切勿拖延。

如果是鼻子出血，可以在鼻孔与眼睛之间用手压放冰袋冷敷止血，同时可在鼻子周围用清洁纱布或消毒纸巾吸压止血。如果是猫之间打架或猫与狗打架被咬伤后挂彩出血，若出血量不大，可让血适当流掉一些，不要急于止血。因为，猫或狗常常带有一些人畜共患病，比如狂犬病。病菌会引起猫感染，甚至传染给人，因此，一旦发现猫被咬伤而出血，在不是大出血的情况下让血流掉一些，通过流血可将伤口的致病菌带出。伤口局部处理后必须立即送宠物医院紧急接种狂犬疫苗血清和破伤风抗毒素。

轻伤可剪毛后,敷药。

鼻子出血,可用冰袋冷敷止血。

流掉些好,可将伤口病菌带出。

给猫止血的三种方法。

猫常见的灼伤是指被热水溅出而引起的烫伤。有些淘气的猫会溜到厨房寻找食物,在灶台上上蹿下跳,不小心打翻开水壶或正在熬的热汤。

另外,如果家中存有化学物品未经小心存放,被猫碰触打翻,像硫酸之类的腐蚀性危险物品极易引起皮肤灼伤。

当猫被热水或明火烫伤时,饲主应先检查烫伤的部位与程度。假如只是脚或其他部位的小创面,可以进行一些简单的处理,用自来水或冰袋对受伤的部位进行冷敷,千万不要擦涂烫伤膏来消肿,因为猫有舔伤口的习惯。如果是头部烫伤,则要用冰来进行冷却。在冷却后立即用绷带包起,不能让它抓挠伤口。当然,这些应急措施只是暂时缓解它的痛苦,在进行冷敷等相关处理后,要立即将猫送医院治疗。

如果是全身被烫伤,那么,要尽快将受伤的猫浸入水中,然后用冷水浸湿毛巾把它包起,送医院治疗。切记不能盖住烫伤的部位,更不要动手剪去伤口周围的毛。

　　如果是被化学物品灼伤,饲主应在做好防止被化学物品腐蚀烫伤的防护措施前提下,将猫立即移放在流动水下,用流水将化学物品冲洗掉,在伤口处涂上凡士林等油膏,然后立即送医院治疗。

猫烫伤后要进行冷处理。

40. 触电后的应急处理

好奇害死猫，这话说得没错。猫都有好奇心，尤其是小猫，对世界充满了一百个好奇。尤其在换牙期间，对家中所有的令它好奇的物件，包括家具、凳脚、主人的皮鞋，甚至电线等它都会去咬，产生咬的兴趣。

如果把电线的绝缘体咬破，嘴碰到线芯，必然会引起触电。另外，小猫在打架的时候会撕扯电线，也会导致触电的发生。

发生这类情况时，首先要：

1. 切断电源，在确定猫的身体不带电的情况下，将它就近转移到安全的地方。

2. 观察猫的状况，检查有无心跳、脉搏、呼吸。如果一切正常，可以让受伤的猫安静休息。

3. 如果猫的呼吸微弱，甚至停止呼吸，应该立即对它进行人工呼吸或心脏按压。

4. 被电击后的猫经过饲主急救,恢复意识之后,要立即送往医院,请医生进一步检查、治疗由触电引起的烧伤、脑水肿、肺水肿等病症。

触电了,要立刻切断电源.

马上检查猫的呼吸.

立刻送医院.

猫触电,首先切断电源,再施行急救。

.中暑后的冷却急救

猫身体缺乏汗腺，体热不易排除。炎热的盛夏季节，猫如果在户外暴晒时间太长，或居住地的通风设施较差，温度较高，都有可能发生中暑。

如果发现猫有这些症状，可以断定为中暑：呼吸急促、躁动不安、尿频，表明它已有中暑的迹象。接着是呼吸困难、齿龈和口腔发绀，此时若再不做适当的处理，继而会眼睛发直、休克、昏迷，最后倒地不起。

猫中暑时，饲主第一步要先解开猫颈圈、胸带或其他悬挂在它身上的物品。

如果猫只是出现急喘、躁动的轻度中暑情形，可以先降低环境温度，例如，将它移到阴凉处，吹电风扇、冷气降温，再给予适量水喝就可慢慢恢复。若猫已经呼吸困难，呈呆滞状态，则要就近将它浸泡在冷水中，并不断用冷水浇全身，持续 15～20 分钟的时间，使它身体温度迅速下降，然后送医院急救。

当猫已重度中暑休克昏迷时，先用冰水淋湿或冰毛巾包裹全身，也可用酒精擦拭降温，或用浸湿的毛巾或将冰块放在它的头部、大腿之间进行冷敷，然后尽快送医院。在送医途中要将头放低、脖子伸直，以保持呼吸道畅通，防止呕吐。

预防猫中暑可以从几个方面着手：

1. 夏天不要给猫穿衣服，也不要带它做剧烈运动，要随时供应足够水分，避免脱水。

2. 将猫床安置在空气流通、避免日晒的地方，必要时给它吹电风扇或在室内安装冷气。

3. 高温时避免带猫出门，如要出门必须携带饮水并减少运动量。

4. 随时注意猫是否出现异常行为或症状，尤其短鼻猫或肥胖、心肺或肝功能不佳及患有慢性病的猫很容易中暑，饲主要特别留意。

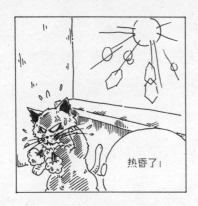
热昏了！

我要死了！

舒服啦！

用冷水降温。

中暑后要立即进行冷却急救。

42. 不同部位的异物清除

　　当猫的口腔内有异物时,饲主可按照以下方法进行异物排除。

　　1. 两人配合,固定好猫的身体,使它不能乱动。

　　2. 扒开嘴,然后把食指伸进猫的口腔内,深入一点,这样可以刺激猫呕吐,将异物吐出。

　　3. 用食指或笔压住猫的下颚,借助手电筒的照明寻找口腔异物,用手指或者小钳子取出异物。

　　4. 如果不能取出,可以采取转圈的方式,抓住猫的两条后腿,在空中轮圈。这样,借助离心力来排除口腔异物。这种方法特别适合抢救溺水的猫。

　　如果猫眼内出现异物,切记不要让它抓自己的眼睛。可用圈套住脖子,使猫爪不能触碰猫眼。两人配合,一人固定好猫身体,另一人则拉开猫眼睑。如果猫眼球明显受伤,异物穿破眼球表面,应该立即送医院治疗。如果发现猫眼球内有明显异物,可以先在眼里滴入橄榄油,并尽快送医院治疗。

当猫鼻腔内有异物时,饲主不要轻易动手清除异物,而应该首先进行冷敷或者止血,随后送医院治疗。

及时取出异物。

溺水后,用转圈法,排出呼吸道内的水。

眼睛有异物,先滴橄榄油,再送医院。

鼻腔有异物,先冷敷止血,再送医院。

不同部位的异物清除法。

猫妈妈贴士：准备一个保健箱

猫的一生面临各种疾病,在家中为它准备一个保健箱是必不可少的。

首先去超市购买一个塑料箱,作为猫专用的保健药箱。然后,为它备好各种日常保健、护理用品和药品。

1. 口服药

乳酶生:既可治便秘,又可治拉肚子和消化不良,是养猫的常备药之一。

妈咪爱:粉剂,作用和乳酶生一样,可以说是精装的乳酶生。味道很好,可以用来对付挑嘴的猫。

咪可乐:可调节消化道菌群,治疗拉稀等。患其他病也大多用它来辅助治疗。

庆大针剂:口服,可治下痢,非常有效。

多酶片:助消化药。

酵母片:助消化药,含有维生素 B,有驱虫的辅助作用。

胃复安:止吐药。

维生素 B_6:适用于一般呕吐。

妙巴:驱虫药,可驱除蛔虫、勾虫、绦虫,有效预防心丝虫,建议在医生指导下使用。

吡喹酮:驱虫药,仅在宠物医院有售,用来防治绦虫。
建议在医生指导下使用。

左旋咪唑:驱虫药,仅在宠物医院有售,用来防治蛔
虫。建议在医生指导下使用。

阿莫西林(胶囊):消炎药,用途很广泛。

各种维生素,如复合维生素 B、维生素 A 等,常用作辅
助治疗。

营养膏或金施尔康,用来补充微量元素。

2. 外用药

碘酒:必备之药,在被猫抓伤时涂碘酒杀菌,但不可用
在猫身上。

医用酒精:消毒用,可在猫发热时用于降温,擦拭猫四
肢、腹下及耳根部。

氯霉素眼药水:用来治疗猫的结膜炎等眼部炎症。

人用的消炎耳药水:可用来治疗耳螨,非常有效。使用
时用棉花棒蘸药水擦拭猫外耳,隔两三天擦一次。基本上
人用的消炎耳药猫都可使用。

克霉唑、达克宁:治疗真菌,有副作用,建议在医生指

导下使用。

洗必泰 0.05% 溶液：清洗伤口,能抗绿脓杆菌。

高锰酸甲：强氧化剂,具有杀菌、除臭、解毒作用。可冲洗创面,溃疡消毒。

3. 器具

剪刀：剪毛发用,用于清除伤口周围的毛,尤其是得了皮肤病的地方一定要剪毛。

温度计：肛门表温度计是必不可少的。猫的正常体温是 38.7℃左右。

消毒无菌针筒：用于灌水灌药。

镊子：用于清理伤口。

梳理用具：细钢丝刷、宽齿梳及密齿梳,为猫梳理毛发用。

4. 保健用品

钙片、营养膏、化毛膏、美毛油等。

猫偶有小恙时,你为它准备的保健药箱就可以解决问题了。但是,并不是说有了药箱,猫就可以不用上医院了。在护理经验有限的情况下,及时将病猫送医院是饲主必须采取的行动。

图书在版编目(CIP)数据

体贴入微治猫病/杨子著.—上海:上海文化出版社,
2009
ISBN 978 - 7 - 80740 - 376 - 0
I. 体… Ⅱ. 杨… Ⅲ. 猫病 - 防治 Ⅳ. S858. 293
中国版本图书馆 CIP 数据核字(2008)第 175395 号

责任编辑
唐宗良
装帧设计
许 菲
正文绘图
胡燕贤

书名
体贴入微治猫病

出版、发行
上海文化出版社
地址:上海绍兴路 74 号
电子信箱: cslcm@public1. sta. net. cn
网址:www. slcm. com
印刷
苏州文艺印刷厂
开本
890×1240 1/32
印张
4.75
图文
150 面
版次
2009 年 3 月第 1 版 2009 年 3 月第 1 次印刷
印数
1-5,010 册
国际书号
ISBN 978 - 7 - 80740 - 376 - 0/S·62
定价
16.00 元

告读者 本书如有质量问题请联系印刷厂质量科
T:0512 -66063782